첫사랑의 추억

# 첫사랑의 추억

조성호 지음

분순 그리고 아이코에게

좋은땅

길고 먼

여행을 하였습니다.


이제 그만

여기서

멈추려 합니다.

# 여과되지 않은 순연한 사랑기

소설가 **김경**

더없이 결 곱고 순정한 사랑의 표상!

이 시대에 부재한 사랑의 역사를 숨 가쁘게 읽었다. 감히 시대의 반란이라고 언급해도 될 성싶다. 아니 명확히 시대의 반란이다. 잠자고 있던 보고의 문이 열렸다.

이루어질 수 없는, 이루어지지 않은 사랑의 서사는 언제나 가슴이 에인다. 눈이 시리도록 안타깝고 먹먹하다. 그것도 픽션이 아닌 현실에서는 훨씬 더 잔인한 법이다.

작가가 묵묵히 감내해 온 사랑의 고통.
첫 만남에서부터 이 글을 쓰기까지, 회고의 벽을 넘어 추억으로

승화시킨 작가의 의식, 그 영혼에 새삼 경외감을 느낀다. 그뿐만이 아니다. 그 과정의 기록은 또 얼마나 지난한 작업이던가.

마음껏 박수를 보낸다.

이 사랑기는 여과되지 않은 순연한 온 마음이 그대로 내포된, 오히려 절제미조차 돋보이는 참이야기이다. 모든 세대를 아우르기에도 충분히 매력적인 사랑기이다. 물론 작가의 삶, 그 순간순간이 그만큼 진실하고 아름다운 시간이었기에 가능한 일이다. 이제 작가는 이렇듯 지나간 사랑을 수놓음으로써 삶의 일단락 매듭을 지었다. 당연히 새로운 세계로 나아가는 일만 남았다.

봄이다.

잔잔한 강물에 봄 햇살이 부서진다. 보드라운 윤슬에 눈이 부시다. 강물은 또 다른 강물을 만나 쉼 없이 바다로 흘러간다. 세상이란 바다는 의외로 넓고도 깊어 유영할수록 그 맛이 쏠쏠하다. 무궁무진한 삶의 바다에서 펼쳐질 작가의 신세계를 기대한다.

| 차례 |

추천의 글   7

만남   11
편지   25
그리움   89
이별   99

에필로그   107
추억의 끝   113

만
남
_____

# 1

그녀를 처음 보았을 때 이런 것이 행복이구나 하고 생각했다. 대학교 2학년 때인 1974년 여름이었다. 고등학교 2학년인 여동생이 대학에 다니는 누나와 함께 아침부터 소란을 피우며 나갈 채비를 하였다. 오늘은 재일교포 학생이 우리 집에서 민박을 하는 날이다. 방학 때마다 모국을 방문하는 재일교포 학생단이 민박을 하며 한국의 가정을 배우는 것이 목적이라고 한다. 동생이 학교의 간부 학생이었기 때문에 한 학생을 맡았다. 왠지 나도 모르게 가슴이 두근거렸다.

오후가 되어 그들이 도착하였다.

그때 그녀의 모습을 처음 보았다. 깨끗한 교복 차림에 가냘픈 몸

매의 소녀. 노란 리본을 가지런히 뒤로 묶은 머리가 눈에 들어왔다. 눈망울이 이렇게 예쁜 아이는 처음 보았다.

서툰 한국말로 그녀가 자기소개를 하였다.
"저는 박분순입니다."
"고등학교 3학년이래."
동생이 소개를 도왔다. 약간은 당황한 듯한 표정과 행동이 보였다. 그 모습이 안쓰러웠다.
작은 짐을 들고 내가 그녀를 2층 방으로 안내하였다.
"이 방에서 오늘 지내세요."

그제야 그녀가 웃음을 지어 보였다. 눈을 마주 보니 그녀의 눈 속으로 내가 빨려 들어가고 있었다. 그녀 혼자 방에 두고 아래로 내려오니 동생이 덧붙인다.

"줄에 선 순서대로 학생이 정해졌는데 내 순서에 커다란 여학생이 서 있었거든. 그런데 순서가 잘못되었는지 뒤에 있던 학생하고 자리를 바꾸는 거야. 그 학생이 바로 우리한테 정해진 거지. 예쁘지?"
자랑스럽게 얘기한다.

그날 저녁은 근처에 살고 있는 큰누나 집에서 식사를 하였다. 누나가 우리를 배려하여 한국식으로 음식을 장만하였다. 어린 조카가 그녀를 많이 따르는 것을 보았다. 처음 보는 사람들이 주위에 많이 있어서인지 조심스러워하는 표정이다.


## 2


다음 날은 동생과 함께 셋이서 시내 구경을 하기로 하였다. 덕수궁에서 이곳저곳을 다니며 시간을 보냈다. 아마 단체로 이미 이곳에 왔었으리라. 그런데도 내색하지 않고 우리를 따라다니는 그녀의 태도가 마음에 들었다. 도중에 다른 교포 학생을 만나기도 하였는데 그녀와 아는 학생도 있었다. 그녀의 표정이 많이 밝아졌다.

오후가 되어 동생이 약속이 있어 먼저 떠나고 둘만 남게 되었다. 어색한 느낌이 들었다. 조금 있으니 비까지 온다. 우산을 하나만 받쳐 들었다. 더 어색해졌다. 그녀도 처음에는 어색해하더니 이내 미소를 지어 보였다. 나를 배려한 행동이리라.

경복궁으로 향하였다. 이곳 역시 왔었을 텐데 하는 생각이 들어 그녀에게 미안하였다. 다른 곳을 갔었더라면 하고 후회했지만 이미 늦은 듯하였다. 그 대신 걸으면서 많은 얘기를 나누었다. 그녀의 우리말은 서툴렀다. 일본 말을 섞어 가며 대화가 오고 갔다.

"분순 씨 고향은 어떤 곳이에요?"

"기후현에 있는 아주 작은 산골이에요. 눈이 많이 오는 곳이에요."

"아름답겠네요."

"스키를 많이 타요. 집 뒤가 스키장이거든요. 재미있어요."

"다른 취미는요?"

"검도도 해요."

놀라며 어울리지 않는다는 표정을 지어 보이니 웃는다. 고향에는 부모님이 살고 계시고 한국에 오빠가 있다고 하였다. 군 복무를 한다고 한다.

"고향에는 한국 사람이 없어요. 그래서 한국말을 잘 못해요. 아버지가 한국을 배워야 한다고 하시면서 이번 여행을 보내 주셨어요. 공부도 한국에서 해야 한다고 하세요. 서울에는 친척도 있구요."

"그러면 한국에 있는 대학에 올 수도 있겠네요."

그냥 고개만 끄덕인다.

조금 있더니 불쑥 이름 얘기를 꺼내며 웃는다. 그녀의 웃는 모습은 갓난아이와 같다.

"제 이름이 촌스럽다고 여기에서 놀려요."

분순이.

순박한 이름이라고 생각했다.


얼마가 지났는지도 모르고 걷고 있는데 주위를 둘러보니 우리만 우산을 받쳐 들고 있다. 비가 어느새 그쳐 있었다. 우산을 접으며 둘이 쳐다보고 또 웃었다.


그날 저녁에 그녀를 숙소로 바래다주었다. 그녀가 면회 일정을 알려 주었다. 꼭 찾아가겠다고 약속하고 헤어졌다. 그녀와 친구가 되었으면 좋겠다고 생각했다.


## 3


그녀가 일본으로 돌아가기 얼마 전 약속대로 동생과 함께 면회를 갔다. 그녀의 오빠와 친척들이 이미 와 있었다. 같이 시간을 보냈다. 그녀의 오빠는 그녀와 자주 만나지 못하는 듯하였다. 그들과 같이 있는 그녀의 표정이 매우 밝아 보였다. 다시 본 그녀가 더욱 정답게 느껴졌다. 면회 시간이 끝나며 헤어질 때가 되었다. 이제 이렇게 헤어지나 보다 하는 생각을 하니 겁이 났다.

"일본에 돌아가면 편지 주세요."

감정을 숨기지 못하고 그렇게 말하고 말았다. 아쉬운 표정도 보였으리라.


## 4

그해 여름 나는 그녀를 다시 보지 못하였다. 기다리던 그녀의 편지도 오지 않았다. 혼자 가슴앓이만 하다가 그해는 그렇게 지나갔다. 시간이 지나며 잊으려는 노력도 없이 조금씩 나의 기억에서 그녀가 빠져나가고 있었다.


## 5

어느 날 갑자기 그녀가 꿈에 나타났다.

둘이서 같이 놀이동산에서 즐거워하였다. 정말 현실에서 만난 것 같이 꿈에서 내가 좋아하고 있었다.

꿈을 깨었다.
그녀가 내 곁에 없었다.

## 6

대학교 4학년이 끝나가는 해 겨울이 되었다. 졸업을 앞두고 마음이 불안하였다. 대학원 진학은 결정되어 있었지만 누구나가 그렇듯이 장래에 대하여 많은 생각을 할 때였다.

방학이 시작되고 얼마 되지 않은 어느 날 오후 늦게 큰누나 집에서 전화가 왔다. 큰누나 내외는 집에 없었고 집안일을 돌봐 주던 도우미가 급하게 나를 찾았다.

"오빠, 빨리 여기 와 보세요. 어떤 일본 여자가 왔는데 오빠하고 언니를 찾는 것 같아요."

그때 우리는 이사를 하여 다른 곳에 살고 있었다. 누나와 함께 급히 택시를 타고 큰누나 집으로 갔다. 가는 도중 무슨 일일까 내내 궁금해하였다.

나는 내 눈을 믿지 못하였다. 그곳에 그녀가 있었다. 분순이가 있었다. 꿈에서 보았던 그녀가 내 눈앞에 나타났다. 반가운 표정으로 그녀가 우리를 맞았다. 기억 속의 3년 전 앳된 고등학생에서 이제 아름답고 성숙한 숙녀로 바뀌어 있었다. 머리는 묶지 않고 단정하게 풀어진 모습이었고 가볍게 화장을 하고 있었다.

그녀가 그동안의 일을 이야기하였다.

3년 전 일본으로 돌아가 고등학교를 마치고 한국에 와서 1년 동안 어학연수를 받았다. 그리고 이화여대 의예과에 진학하여 1년 동안 공부하였다고 하였다. 그러나 어려운 의학 공부를 하기에는 그녀의 우리말은 너무 부족하였으리라.

"공부를 그만하고 일본으로 돌아가려고 해요. 그래서 떠나기 전에 인사를 하려고 찾아왔어요. 그런데 전의 집을 찾아가니까 이사를 가서 누나 댁을 찾았어요."

그동안에 한국에 있으면서 왜 연락을 하지 않았냐고 서운한 생각이 들어서 물으니 그냥 웃기만 한다. 그러나 잊지 않고 찾아온 그녀가 나는 마냥 좋기만 하였다. 그녀의 모습을 다시 볼 수 있게 되다니⋯⋯ 이것은 꿈이 아니고 현실이었다.

"서울에서는 어디에서 지냈어요?"

학교 근처에서 자취를 하고 있다고 하였다.

"일본에 돌아가면 다시 학교에 가나요?"

그녀는 일본에 돌아가 미용 기술을 배우고 싶다고 하였다.

"공부는 어려워요."

밖이 곧 어두워졌다. 그녀가 돌아가야 한다. 헤어져야 한다. 그녀를 보내고 집으로 돌아오는 내내 내 머릿속은 비어 있었다. 아무 생각도 하지 않았다. 아무 생각도 할 수 없었다. 꿈에 그리던 그녀를 눈앞에서 보았기 때문이다.

# 7

며칠 뒤 나는 그녀가 지내고 있다는 곳을 찾아갔다. 근처의 음식점에서 그녀를 만날 수 있었다. 약간 놀라는 표정으로 그녀가 나를 맞이하였다. 교포인 듯 보이는 친구들과 같이 있었는데 자주 어울리는 것 같았다. 그들과 함께 시간을 보내며 나는 그저 그들 중의 하나에 불과하다는 생각이 들었다. 그녀는 내가 그녀를 어떻게 생각하고 있는지 알지 못한다. 나 역시 그녀가 나를 어떻게 보고 있는지 알지 못하였다. 그냥 아는 사람 중 하나이겠지.

그래도 나는 좋았다. 내가 그녀를 알고 있으므로…… 이렇게 같이 있을 수 있으므로.

헤어지면서 용기를 내었다.

"분순 씨, 언제 시간을 내어 주실 수 있을까요?"

그리 놀라는 표정이 아닌 것으로 보아 그녀가 나의 감정을 읽고 있다는 생각이 들었다. 약속을 정하였다. 약속한 날까지 몇 년이 흐른 것 같은 느낌이 들었다.

8

신촌의 한 카페에서 우리는 만났다. 그녀와 둘이서만이다. 이 세상에 우리 둘뿐이라면 얼마나 좋을까 하는 바보 같은 생각을 하였다.

"오늘 함께 저녁을 먹으며 얘기를 할까요? 아니면 영화를 보러 갈까요?"

"영화도 보고 얘기도 해요."

그녀의 대답에 놀라면서 매우 기뻤다. 그만큼 그녀와 오랜 시간을 같이 있을 수 있을 테니까.

마주 보고 앉아 있는 이 순간이 현실인지 의심스러웠다. 바깥의 추운 날씨에 비하여 안은 매우 아늑하였다. 마음이 많이 편해졌다.

"분순 씨는 어떤 영화를 좋아해요?"

"제일 기억에 남는 영화는 '태양은 가득히'예요. 가슴이 무거웠지만."

나는 그 영화를 아직 보지 못하였다.

차 한잔을 하고 영화관으로 향하였다. 무슨 영화였는지 지금은 기억이 나지 않는다. 영화의 내용에는 관심이 없었다. 계속 다른 생각만 하고 있었다. 언제나 이렇게 함께 시간을 보낼 수 있다면. 그런 생각만 머릿속을 가득 메우고 있었다.

영화가 끝나고 다시 신촌으로 갔다. 몇 번 가본 적이 있는 경양식 집으로 그녀를 안내하였다. 식사를 하면서 많은 얘기를 나누었다. 기억에 남는 그녀의 말 중에 이런 것이 있었다.

"저는 결혼을 못 하더라도 아기는 가지고 싶어요. 인생에서 가장 소중한 것이 아닌가 생각해요."

# 9

그녀가 일본으로 돌아가기 전에 그녀를 다시 만날 기회를 갖지 못했다. 그렇게 기약 없이 그녀가 또 떠났다. 그녀에게 편지를 쓰기 시작하였다.

편지
지

# 1

그녀에게 편지를 썼습니다. 그리고 그녀에게 사랑을 고백하였습니다.

* * *

분순 씨에게

교정에는 화려한 개나리와 진달래가 백목련과 아름답게 조화를 이루며 이제 정말 봄이 완연한 것을 느끼게 합니다. 도서관에 앉아 있어도 자꾸 눈길은 밖을 향해서 여기저기 잔디밭에 앉아 이야기의 꽃을 피우는 학생들이나 강의 시간에 쫓겨 바쁜 걸음을 옮기는 학생들을 바라보며 잠시 생각에 잠기곤 합니다.

낭만을 추구하며 지낸 4년간의 대학 생활은 다시 돌아올 수 없는 날들이 되어 버렸고 이제는 나아갈 길을 찾는 사회 초년생이 되어 사고와 행동의 폭이 훨씬 넓어졌음을 피부로 느끼는 나날들입니다.

너무나 오랜 기다림 끝에 분순 씨를 만난 나의 기쁨이 어떠하였는지 상상하실 수 있는지요. 또한 만나자마자 분순 씨를 보내야 했던 안타까움도 분순 씨는 아마 상상할 수 없을 것입니다.

내 머릿속에 아련한 영상만을 주며, 또 꿈속에서 안타까움만을 주던 분순 씨를 다시 만났던 날 얼마나 기뻤는지 모릅니다. 다정한 모습을 다시 보게 된 그 기쁨과 모든 일에 자신이 넘치는 태도를 새로이 발견한 기쁨은 더욱더 분순 씨에 대한 생각을 내 머릿속에서 떠날 수 없게 만들었습니다.

분순 씨와 꾸밈없이 순수한 대화를 나누던 그날, 난생처음 삶의 의미를 느꼈던 그날처럼 분순 씨를 다시 만나고 싶은 마음뿐입니다. 다시 분순 씨를 만날 수 있게 되는 날 꼭 한마디만 하고 싶습니다. 그날 몇 번씩이나 입안에서 맴돌리다가 결국은 다시 삼켜 버린 그 한마디의 말입니다.

나는 분순 씨를 사랑하고 있습니다.

이만 쓰겠습니다. 부모님께 안부 전해 주세요.

꼭 답장 주시기를 부탁합니다.
기다리겠습니다.

1977년 4월 11일


## 2

그리고 그녀의 답장을 기다리는 것이 일과가 되었습니다. 몸은 연구실에 있어도 머릿속은 온통 오지 않는 그녀의 편지로 가득 차 있었습니다. 두 달이 지나 여름이 다 되어서야 그녀의 첫 편지를 받았습니다.

첫 편지의 사랑 고백에 그녀는 무척이나 당황하였을 것입니다. 고백에 대한 대답은 없었으나 그녀에게서 편지를 받은 것만으로도 한없이 기쁘기만 했습니다.

***

성호 씨

안녕하세요.


벌써 여름이 왔네요.

당신을 만나고 싶어요.

만나서 여러 가지 이야기를 하고 싶습니다.


오랫동안 편지를 쓰지 못하여 미안합니다.

벌써 한국말을 잊어버린 것 같아요.

몇 번이고 편지를 써 보았지만 보내지 못하고 끝나고 말았습니다.


올여름 한국에 놀러 가고 싶지만 갈 수 있을지 모르겠어요.

차를 사 주셨어요.

지금은 매일 차를 타고 학교에 다니고 있습니다.

기술을 배우려고 학교에 다니고 있는데 2, 3년은 혼자서 독립하기는 어려울 거예요.


학교는 금년 1년, 내년은 인턴, 그리고 국가시험.

끝나면 외국에라도 가고 싶은 생각이에요.

저는 고등학교 졸업과 동시에 집을 나와 지금은 혼자 멀리 떨어져 지내고 있어요.
요즈음은 누군가와 함께 살아갔으면 좋겠다는 생각이 들어요.
그런 사람이 나타나면 평생 죽을 때까지 서로 도와 가며 살고 싶은 그런 생각입니다.
벌써 스물한 살이 되었어요. 시집갈 나이예요.

성호 씨
당신은 지금 어떤 생각을 하고 계시나요?
저는 혼자서 목표를 향해 나아가고 있어요.

여름 더위에 지치지 않도록 성호 씨도 건강히 지내세요.
일본어로 쓰는 것을 용서해 주세요.

성호 씨에게

박분순

1977년 6월 13일

## 3

그렇게 그녀와 나는 3년 동안 많은 편지를 통해 서로의 마음과 사랑을 확인하였습니다. 한국말이 서툰 그녀는 일본어로, 그리고 나는 우리말로 편지를 썼습니다. 그때는 인터넷은 물론이고 컴퓨터조차 없던 시절이었습니다. 정성스럽게 손으로 편지를 쓰고, 또 한 편지를 한번 주고받는 데 보름 또는 한 달씩 걸리곤 하였습니다. 그녀와 주고받았던 편지는 아직까지 소중하게 간직하고 있습니다.

## 4

분순 씨에게

오랫동안 기다리던 답장을 받고 정말 반가웠습니다.
분순 씨의 글을 보니 얼굴을 직접 보는 것 같습니다.

나도 분순 씨처럼 착실하게 나의 생활을 해 나가고 있습니다. 대학원에 들어가 한 학기가 지나는 동안 여러 가지 느낀 점이 많습니다. 가장 크게 달라진 점은 나도 이젠 학생이 아니고 사회인이라는 생각을 갖게 된 것입니다.

학교에서 수업을 받는 이외에도 의예과 1학년 학생들의 생물학 실험 조교를 하고 있습니다. 나 자신이 하려고 했던 공부이고 더구나 분순 씨도 택했던 그러한 학문이기에 더욱더 흥미가 있습니다. 내가 맡고 있는 반에 재일교포 학생이 있어서 나름대로 각별한 신경을 쓰고 있습니다.

그리고 내 개인적으로는 스트렙토미세스라고 하는 미생물의 분류에 관한 연구를 하고 있는데 실험 결과가 좋으면 올가을쯤에 논문을 발표하려고 합니다.

지난 4월에는 3주간 이화여대에서 공부 모임 지도를 했습니다. 학생들 중에 분순 씨의 모습이 보이는 것 같아서 가끔 놀라기도 했습니다. 분순 씨가 일본에 돌아가지 않았더라면……

일본에 가고 싶습니다. 분순 씨를 보고 싶습니다.

1977년 6월 28일

# 5

그녀가 우리말로 편지를 썼습니다. 표현이 어색하고 맞춤법이 많이 틀립니다. 약간 수정하고 한자나 일본어로 쓴 것은 우리말로 옮겼습니다.

\* \* \*

성호 씨
안녕하세요.

이번에는 우리말로 편지 씁니다.
제가 이전 일본말로 썼던 편지를 성호 씨는 고생하고 읽어는 것 같습니다.
저는 읽을 수 없다고 생각했는데 또 편지를 받고 놀랐습니다.

그리고 반갑습니다. 행복합니다. 기분이 좋습니다. (아까까……)
이번에는 내가 노력해야 됩니다. 잘못 씁니다.
못 쓰지만 이해해 주십시요.

일본의 여름은 습기가 많아서 한국보다 무덥습니다.

저는 매일 (더워서) 한국에 가고 싶다고 생각해요.

친구들 성호 씨 만나고 싶습니다.

여권 있으니까 이번 여름 방학 때 가고 싶은데 시간이 없는 것 같읍니다.


저는 지금 미용의 학교 다니고 있습니다.

한국에서는 미용사라면 안 좋다고 생각하는데 외국 일본에서는 그렇지 않습니다.

공부해도 한계 없고 언제나 유행하고 있으니까 그것을 잡아야 되고 그 것보다 빨리 가야됩니다.

대개 유명한 사람은 남성 미용사입니다.

저도 일본에서 공부하고 갈 수 있으면 미국 프랑스에 가서 공부하고 싶어요.


저는 직업을 갖고 있는 여성이 되고 싶다고 의학부에 입학했는데 지금은 미용사가 의사보다 매력 있고 재미있어요. 좋아요.

일생 할 수 있는 직업 같읍니다.


미용사라면 자기부터 아름다운 여성이 되어야 되는데 아직도 안

되요. 될 수 있을까?

분위기, 모습, 마음, 인간성 좋은 여성이 되고 싶어요.


성호 씨

재일동포는 잘 공부해요? 유학생은 공부보다 건강을 주의해야
되요. 공부 잘 해도 건강이 나빠지면 공부 할 수가 없습니다. 정
신적으로 나빠지면 건강도 안좋게 되요.


성호 씨

대학원은 여름 방학 없어요?

여름에는 여행 등산 바다 가요?

저도 갈 수 있으면 한국에 가고 싶어요.


성호 씨 지금 몇 살? 저는 7월 31일 만 21 됩니다.

너무 빨리 시간이 가는 것 같습니다.

이제 학교에서도 학생들은 저를 보고 누나 언니라고 부러요.

조금 있으면 아주머니가 되는 것 같습니다.

싫다. 싫다.


편지 잘 못 씁니다. 다시 읽어 보니 국민학생 같습니다.

이해해 주세요.

성호 씨 편지 보면 성호 씨가 노력하고 있는 모습 볼 수 있어요.
나도 노력해요.
편지 감사합니다.

안녕!

(다음 부분은 일본어로 쓴 것을 번역하였습니다.)

생각만큼 편지가 써지지 않아서 안타까워요.
일본어로 쓰면 안 된다는 것을 알지만 한국어를 반은 잊어버렸어
요.
성호 씨의 편지를 보면 기억이 나서 꽤 도움이 돼요.
또 편지 주세요.

더운 여름이에요.
건강에 주의하고 잘 지내시길 바라요.
모두에게 안부 전해 주시구요.

또 만날 수 있는 날을 즐거운 마음으로 기다리고 있어요.

여러 가지 일을 배우며 인간으로서 훌륭한 성호 씨를 만날 날을
즐겁게 기다리고 있습니다.

제가 하는 일은 기대하지 마세요.

하지만 노력은 계속할 생각이에요.

어디까지라도. 언제까지라도.

안녕히 계세요.

건강하세요.

어머니 아버지께도 안부 전해 주세요.

경애에게도.

1977년 7월 3일

# 6

분순 씨에게

분순 씨가 우리말로 쓴 편지 재미있게 읽었습니다. 정말 재미있게 그리고 아주 잘 썼습니다. 처음 일본 말로 쓴 편지보다도 훨씬 더 다정한 감이 듭니다. 사전이 있으니까 분순 씨가 일본 말로 아무리 어렵게 쓰더라도 다 해석하고 이해할 수 있습니다. 그렇지만 어머니의 품에 안겨 다닐 때부터 듣던 우리말이니까 아무래도 커서 배운 일본 말보다는 더 친근감이 가고 다정하게 느끼게 되는 것은 당연한 일이겠지요.

이곳도 매우 덥습니다. 하루에도 몇 번씩 샤워를 하며 지냅니다. 방학은 벌써 시작했지만 아직 여행 갈 생각을 못 하고 있습니다. 지난번에 얘기한 실험 때문에 내일부터는 학교에서 자려고 합니다. 날도 더운데 집에 있으면 해이해지기 쉬울 것 같아 학교 신세를 지기로 한 것이죠. 아침에 시원할 때 운동을 하고 다시 연구실에 돌아와 밥을 먹고 책 보고 그리고 실험을 시작하는 것이 이제부터의 나의 일과가 될 것이라 생각합니다.

일주일에 두 번 수요일과 토요일에 집에 돌아오게 됩니다. 수요일에는 바로 집으로 오는 것이 아니고 이번에 새로 생긴 공부 모임의 지도를 맡기로 했기 때문에 협회 사무실에 들러야 합니다. 토요일에는 학교에서 바로 집에 돌아와 일주일을 정리하고 분순 씨 생각하며 푹 쉴 수 있겠죠.

우리 실험실의 학생들끼리 등산 가자고 합니다. 재미있을 것 같습니다. 분순 씨와 같이 한번 여행을 가고 싶군요.

분순 씨
분순 씨는 아름다우니까 미용사 잘할 수 있으리라 생각합니다. 자기 마음에 들어서 일생 할 수 있을 것 같은 직업을 택하는 것만큼 바람직한 일이 또 어디 있겠습니까? 나도 교수라는 직업이 마음에 들어 지금 공부를 계속하고 있습니다. 명예가 있고 학생들을 가르치며 지도하는 보람도 있습니다. 참된 인생의 보람을 찾을 수 있을 것 같습니다.

그런데 분순 씨
미용학교는 다카오카에 있습니까? 지난번 편지는 다카오카에서 보낸 것이었는데 학교가 거기 있으면 가미오카에서 그 먼 곳까지 매일 차를 타고 다니나요? 아니면 다카오카에서 하숙 혹은 자취하고 있습니까? 매우 궁금하군요. 무슨 일을 하든지 건강이 제일 중요합니다. 열심히 노력해서 훌륭한 미용사가 되기를 바라고 있겠습니다.

분순 씨
내가 이렇게 정신이 없습니다. 7월 31일이 분순 씨 생일이라고 했죠? 분순 씨의 스물한 번째 생일. 진심으로 축하합니다. 생일 카드가 마음에 드는지요. 혹시 마음에 들지 않더라도 성의로 생각하고 받아 주세요.

분순 씨는 시집갈 나이가 되었다고 했지요. 벌써 결혼에 관해 생각하고 있다니 놀랍습니다. 조금 더 기다려 보세요. 훌륭한 사람이 분순 씨 앞에 많이 나타날 것입니다. 나는 (훌륭하지는 않지만) 어떻습니까? 아직 어리지만 분순 씨보다는 조금 더 일찍 이 세상의 빛을 본 셈이지요. 하지만 자신을 위해서 그리고 분순 씨를 위해서 정말 노력할 수 있습니다.

밤이 점점 깊어집니다. 분순 씨에게 많은 이야기 더 쓰고 싶은데 내일부터는 계속 학교에서 생활해야 될 테니까 이만 자야겠습니다. 분순 씨도 행복한 꿈 많이 꾸고 편안히 잘 자길 바랄게요. 부모님께 안부 전해 드리고 또 편지 주세요.

1977년 7월 24일

# 7

그녀에게 정식으로 청혼을 하였습니다. 사랑을 고백한 지 6개월 만에, 그것도 한국에서의 짧은 만남을 고려하면 무리한 청혼일 수밖에 없습니다. 그러나 멀리 떨어져 있어 만나지 못하는 것이 나로 하여금 조급한 마음을 갖게 하였습니다.

\* \* \*

분순 씨에게

벌써 가을이 되는가 봅니다. 하지만 아침저녁으로는 선선한데 낮에는 아직도 덥습니다. 감기에 걸리지 않게 건강에 조심하시기 바랍니다.

자신이 좋아하는 어떤 일에 몰두한다는 것은 흔히 쉽게 생각하지만 그것처럼 중요한 일도 없다고 생각합니다. 어떤 사람은 재산과 권력을 위해서, 또 다른 사람들은 학문과 명예를 위해서 나름대로 몰두하겠지요. 그러한 가운데 진실로 자신이 무엇인가를 깨달을 수 있다면 그것으로써 충분한 성과를 얻었다고 여겨집니다.

끝없는 학문의 세계를 탐구하면서 내 자신을 발견하고, 느끼고, 나아가 더 훌륭한 나를 만들도록 노력하고 있습니다. 교수님들과의 대화에서 연구 결과를 얻는 방법을 배우기도 하지만 역시 중요한 것은 인생 공부를 하는 것입니다. 나의 장래는 아직도 무한합니다. 미래를 내다보며 훌륭한 사람이 될 수 있도록 노력하고 있습니다.

분순 씨
돌연한 말이 될지도 모르겠습니다만 나와 결혼해 주시지 않겠습니까?
살아가면서 생기는 모든 기쁨과 슬픔을 나와 나누어 주세요. 물론 우리는 아직 서로를 잘 모르고 있지요. 하지만 나도 모르게 분순 씨와 결혼해야겠다는 생각이 들었습니다. 분순 씨를 처음 본 그 순간부터였습니다.

분순 씨

쉽게 대답할 수 없는 일이라는 것을 잘 알고 있습니다. 나도 오랜 시간 동안 생각을 하고 분순 씨에게 얘기를 하는 것입니다.

분순 씨의 다정한 글을 다시 볼 수 있는 날까지 기다리겠습니다.


## 8


성호 씨

안녕하세요.

성호 씨에게서 편지를 받고 저는 몇 번이고 몇 번이고 답장을 썼습니다.

하지만 생각대로 쓸 수 없어서

어떻게 써야 좋을지 몰라서

이런 편지가 되고 말았어요.

만나서 얘기할 수 있으면 얼마나 좋을까요.

아버지, 어머니께 얘기하고 싶지만,

왠지 겁이 나서 무서워서 말을 꺼낼 수가 없습니다.

처음 있는 일이라서요.

지금은 혼자 생각하며 고민하고 있습니다.

성호 씨도 혼자서 생각하고 편지 주신 거죠?

아직 젊은 성호 씨의 결혼을 성호 씨의 아버님, 어머님은 허락해

주시나요?

학교, 군대, 유학.

성호 씨는 아직 결혼이 너무 이른 것 아닌가요?

저는 모두가 기뻐하고 축하한다고 말해 주는 결혼을 하고 싶어

요.

일시적인 감정에 좌우돼서는 안 되겠지요.

성호 씨도 잘 생각해 주세요.

지금 미래의 일을 알 수 있다면 아무 고민이 필요 없을 텐데.

단지 인간일 뿐이라서, 고민스러워요.

좋은 답장이 되지 못해서 미안합니다.

아무리 생각해도 좋은 대답을 찾을 수가 없어요.

그리고 저 혼자 결정하는 것은 너무나도 중대한 일이에요.

아무래도 결심이 서지 않아요.

좋은 답장을 쓰지 못해서 죄송합니다.

용서해 주세요.


또 편지해 주세요.


성호 씨에게

박분순


1977년 10월 3일

*9*

분순 씨에게


분순 씨의 편지를 받는 순간부터 지금까지 어떻게 답장을 써야
할까 하고 많이 생각했습니다. 표현력이 부족하여 나의 마음을
제대로 전하지 못한 것을 미안하게 생각합니다. 그래서 분순 씨

가 많이 고민하고 괴로워하셨다면 용서를 빌 뿐입니다.

분순 씨

결혼이란 인생의 거의 전부를 결정짓는 중요한 일이라는 것을 잘 알고 있습니다. 그렇기 때문에 사람들은 결혼에 관해서 생각할 때 어떤 상대자를 고를까 하고 오랜 시간 동안 고민하게 됩니다.

물론 분순 씨의 말대로 일시적인 감정에 사로잡혀서는 안 되겠지요. 그러나 그러한 경우에도 결혼 후에 두 사람이 성심성의껏 상대방을 위하고 또 이해하려고 노력한다면 결코 부인만 할 수 없는 일이지요. 하여튼 결혼이란 중대한 일이 아닐 수 없습니다.

분순 씨

나의 청혼에 대해 그렇게 고민하실 필요는 없습니다. 분순 씨를 사랑한다는 마음을 표현하려다 보니까 결혼하자는 말이 되어 버렸고 그래서 분순 씨로 하여금 지금 곧 결혼하자는 뜻으로 오해하게 하였습니다.

하지만 그 말은 나의 진정한 마음을 나타낸 것이고 변하지 않을 것입니다. 앞으로 분순 씨는 나에 대해서 모든 것을 알게 되기를 바랍니다. 나에 관해서 또 내 주위에서 일어나는 모든 것을 분순 씨에게 쓰겠습니다.

*10*

성호 씨

편지 감사합니다.
성호 씨의 편지를 읽으면서 저 혼자 지나친 생각을 했다고 반성했어요.
성호 씨의 기분 잘 알겠습니다.

저는 성호 씨의 사랑을 받아서 너무 행복합니다.
우리들 앞으로 언제까지나 좋은 사이로 지내고 싶어요.

이제 저는 연인에게 편지를 쓰는 것처럼 성호 씨와 편지를 나누고 싶어요.
성호 씨도 저를 연인이라고 생각하고 편지 써 주세요.

가을이기 때문일까요.

가끔 쓸쓸한 기분이 들어요.

성호 씨는 어떤가요?


집에는 아버지와 어머니와 저 세 사람밖에 없어서 저는 언제나 방에서 혼자 텔레비전을 보거나 책을 읽으면서 밤을 보냅니다. 하지만 혼자 있는 것이 싫어서 눈물이 날 때도 있어요.


어떻게 하면 좋을까요.

성호 씨는 쓸쓸하지 않나요?

혼자 있는 것이 싫다는 생각이 들지 않나요?

정직하게 말하면 저는 지금 바로라도 누군가 사랑하는 사람과 함께 생활하고 싶어요. 누군가와 함께 살아가고 싶다고 생각해요. 그런데 슬프게도 제 주위에는 아무도 없어요.


아버지가 겨울에 한국에 가신다고 했는데 저도 놀러 가고 싶어요. 친구들도 만나고 싶고 한 번 더 우리나라를 잘 보고 싶어요.


무엇보다도 성호 씨를 만나서 저에 대해서 여러 가지 얘기해 주고 싶어요. 희망은 가지고 있지 않지만 만약 갈 수 있게 되면 같이 얘기해요.

기대하고 있어요.


그럼 오늘은 이만 펜을 놓습니다.


성호 씨

건강하세요.

편지 주세요.


1977년 10월 29일


## 11


 그녀의 지난 편지 이후에 서로 더 깊은 마음속의 이야기를 할 수 있게 되었습니다. 그녀가 겨울에 꼭 한국에 올 수 있기를 기대하며 편지를 썼습니다.


* * *

분순 씨에게

한국에는 가을다운 가을이 없습니다.
무더위가 막 지나고 선선해지려고 하면 벌써 낙엽이 다 떨어져
버리고 찬 바람이 불기 시작합니다.
분순 씨는 두 번 한국의 가을을 보았으니까 잘 아시겠지요.

그러한 가을은 쓸쓸함이나 외로움을 느낄 사이도 없이 지나가 버
리지요.
어제오늘은 수은주가 영하로까지 내려갔다고 합니다.
지금은 꼭 눈이라도 퍼부을 것 같은 날씨입니다.

분순 씨의 편지 잘 받아 보았습니다.
나의 마음을 이해했다니 정말 다행입니다.
지금의 내 마음을 알아줄 사람은 분순 씨 이외에 아무도 없습니다.

그러나 분순 씨는 너무 멀리 떨어져 있습니다.
나의 생각을 직접 분순 씨에게 전할 수 있고, 또 분순 씨가 나를
이해하는 마음을 직접 느낄 수 있고, 그리고 분순 씨가 쓸쓸함을
느끼고 눈물이 날 때 위로해 줄 수 있고, 그렇게 할 수 있으려면

우리는 다시 만나야겠지요.

이번 겨울에 분순 씨 아버님께서 한국에 오실 때 꼭 같이 올 수 있도록 노력해 주세요.
기다리겠습니다.

가끔 어른이 된다는 것이 매우 어려운 일이라는 것을 느낄 때가 있습니다. 하지만 나는 어른이 되기 위해 겪어야 하는 많은 일들을 하나하나 해 나가고 있습니다.

그러나 언젠가는 누군가의 도움을 받지 않으면 안 될 때가 오겠지요. 그 누군가가 꼭 분순 씨가 되어 주길 믿고 있습니다.

1977년 11월 21일

## 12

그녀가 한국에 오기를 기대하며 그녀의 편지를 기다렸습니다. 한 달 뒤 도착한 편지에는 아쉬운 내용과 반가운 내용이 같이 담겨 있었습니다.

  아쉬운 내용은 그녀가 한국에 오지 못하게 되었다는 것이고 반
가운 내용은 편지의 끝에 자신의 이름에서 성을 빼고 이름만 쓴 것
이죠.

  그녀가 내 곁에 한 걸음 더 다가왔습니다.

* * *

성호 씨
안녕하세요.

새해가 밝았어요. 축하합니다.
올해는 성호 씨에게 좋은 한 해가 되길 바랄게요.

오랫동안 편지를 쓰지 못한 것 같아요.
용서하세요.

지금 병원에 입원해 있어요.

입원한 지 이제 두 달이 지났는데 몸 상태도 좋아진 것 같아서 곧 퇴원할 날을 기쁜 마음으로 기다리고 있습니다.

1월 5일에 아버지가 혼자 한국에 가세요.
저도 가고 싶었지만 결국 가지 못하게 되었어요.
많이 아쉬워요.

성호 씨
내년에 저는 미용실을 운영해 보려고 생각하고 있어요.
공부해서 일류 미용사가 되는 빠른 길이에요.
경영자로서 다른 사람을 고용하거나 또는 견습생으로서 다른 사람에게서 여러 가지 배워야 합니다.
잘할 수 있을지 어떨지 불안하지만 힘을 다해서 해 보려고 생각하고 있어요.
그전에 우선 몸을 건강하게 해야죠.

글씨가 비뚤비뚤해서 읽기 어렵지요. 죄송해요.
오랫동안 펜을 잡지 못해서 손이 굳었나 봐요.

오늘은 이만 쓸게요.

성호 씨

건강하세요.

분순으로부터

1977년 12월 30일

## 13

 그녀가 한국에 오지 못하게 되었다는 말에 무척이나 실망하였습니다. 하지만 그것보다 그녀가 병원에 입원한 사실도 모르고 있었던 나 자신을 책망했습니다. 안타까운 마음으로 편지를 썼습니다.

* * *

분순 씨에게

새해를 맞이하여 분순 씨로부터 처음 받은 편지에서 분순 씨가 입원해 있다는 소식을 듣고 얼마나 놀랐는지 모릅니다.

걱정하고 있습니다.

지금은 어떤지요. 퇴원은 했나요?
퇴원을 하였더라도 항상 건강에 신경을 써서 다시는 병석에 눕는
일이 없기를 빕니다.
분순 씨는 몸이 너무 약합니다. 이것저것 많이 먹고 몸을 좀 튼튼
히 하세요.

답장이 늦어졌군요.
학교 실험이 너무 바빴습니다. 학문의 길이 이렇게 어렵구나 하
는 것을 느끼기는 이번이 처음입니다. 여기에서 좌절하면 학문을
계속할 수 없고 다른 길을 찾아야 합니다. 하지만 나는 꼭 이 길을
계속 걸어 나갈 생각입니다.

분순 씨도 올해부터 미용실을 갖게 된다니까 사회인으로서의 첫
발을 내디디게 되겠지요.
분순 씨는 잘해 나가리라 생각합니다.
나는 분순 씨가 매우 능력 있는 사람이라는 것을 잘 알고 있습니다.

분순 씨 아버님께서 한국에 오신다고 했는데 만나 뵙고 싶었지만 여유가 없었습니다. 시간적 여유는 둘째 치고라도 아직 분순 씨 아버님께 인사를 드릴 만한 마음 자세가 되어 있지 않습니다. 아버님께서 일본에 돌아오셨을 때 기회가 있으면 얘기를 해 주십시오. 언젠가는 꼭 일본에 가서 아버님께 인사를 드리겠습니다. 마음 같아서는 지금이라도 달려가고 싶습니다.

분순 씨

오늘 미국에 이민 간 누나가 2년 만에 한국에 돌아옵니다. 한 달 정도 머물렀다가 다시 돌아간다고 합니다. 지금 펜을 놓으면 곧 공항으로 마중을 갑니다.

분순 씨의 편지를 받으면 얼마나 기쁜지 모릅니다.
자주 편지해 주세요.
나도 분순 씨에게 가능한 한 자주 편지를 쓰겠습니다.

1978년 1월 24일

## 14

그녀가 반가운 소식을 전해 왔습니다.

\* \* \*

성호 씨

편지 감사합니다.

연구는 잘 되어 가나요? 힘들죠.

제게는 단지 '힘내세요'라고 쓰는 것밖에는 할 수 없지만 성호 씨

에게는 제가 이런 말을 할 필요조차 없겠지요.

성호 씨는 노력하는 사람이라는 것을 알고 있으니까요.

저는 몸이 완전히 좋아져서 지금은 매일 학교에 다니고 있습니다.

건강해졌거든요.

성호 씨에게 지지 않을 정도로 튼튼한 여자가 되기 위해 매일 열

심히 먹고 있어요. (사실은 뚱뚱해지기 싫어서 조심하긴 해요.)

올봄에 학교를 졸업하면 한국에 놀러 갈 생각이에요.

아버지도 무사히 돌아오셨고 봄에는 나 혼자 갔다 오라고 말씀해 주셨어요.

조금 전에 한국에 있는 오빠와 통화하였는데 제가 한국말을 전부 잊어버려 이야기를 할 수 없어서 놀랐어요.
저 바보 같은 아이죠.
이번에 가기 전에 조금이라도 공부하지 않으면 성호 씨와 만났을 때 아무 말도 못 하고 곤란할 거예요.

새해도 벌써 한 달이 지났어요.
성호 씨 올해는 어떤가요? 좋은 한 해가 될 것 같아요?
저는 몸도 완전히 좋아지고 올해는 인생을 좌우하는 한 해가 될 것 같아 왠지 가슴이 두근거려요. (가슴이 콩콩~)
이번에 한국에 가면 여러 가지 이야기를 해 드릴게요.
기대해 주세요.

성호 씨는 휴일을 어떻게 보내고 있나요?
바빠서 휴일도 없나요?
저는 스키를 타러 가요.
스키장이 가까워서 언제나 차에 스키를 싣고 놀러 가죠.

일요일에는 제 친구들도 거의 스키장에 가요.

성호 씨도 한번 놀러 오면 좋을 텐데.

때가 되면 일본에 와 주세요.

성호 씨의 누님은 미국에 이민 가셨나요? 미국에서 일하시나요?

성호 씨도 머지않아 외국에 가게 되겠죠. 외국에서 생활하는 건 힘든 일일 텐데요.

누님과도 만나서 여러 가지 이야기를 듣고 싶어요.

성호 씨가 여러 이야기 듣고 제게 말해 주세요.

기대하고 있을게요.

벌써 봄이 되었나.

그럼 건강하세요. 안녕

성호 씨

글씨가 지저분하지만 용서해 주세요.

성호 씨에게

분순(아이코)

## 15

그녀를 보게 된다는 기쁜 마음으로 그녀에게서 소식이 오기를 기다렸습니다. 그러나 몇 달 동안 그녀에게서 아무 소식이 없었습니다. 온다는 연락도 없고 편지마저 없었습니다.

불안한 생각이 들었습니다. 그녀에게 안 좋은 일이라도 생긴 것일까요? 아니면 그동안에 그녀의 마음이 변하기라도 한 것일까요? 분명히 무슨 일이 있는 것이 틀림없습니다.

\*\*\*

분순 씨에게

분순 씨를 기다리다 올봄이 다 지나가 버렸군요.
벌써 6월도 중순에 접어들어 더위가 한창이지만 나는 지금도 봄이라고 생각하며 분순 씨를 기다리고 있습니다.

올해는 봄이 왜 그리 빨리 지나가 버리는지.

어떤 사람들은 만남을 위해서 기다릴 때가 오히려 더 행복하다고
하지만 나는 전혀 그렇지 않군요. 분순 씨가 멀리 있으면 있을수
록 내 마음은 초조하고 안타깝고 답답하기만 합니다.

분순 씨
나는 솔직하게 내 모든 마음을 분순 씨에게 얘기해 드리고 싶습
니다.
직접 만나지 못하면 글로써 쓰겠습니다.

분순 씨는 내 마음속에 조그마한 여유도 없이 꽉 들어차 있어서
다른 누군가가 들어올 틈을 남겨 주지 않았습니다. 아무도 분순
씨만큼 내 마음을 채워 주지 못합니다.
내가 분순 씨를 생각하는 것의 반만 나를 생각해 주세요. 내 마음
을 알 수 있을 것입니다.

문장력이 부족하여 내가 생각하는 것을 모두 표현할 수 없군요.
분순 씨의 답을 기다립니다.

나한테 편지할 때는 하고 싶은 말 부담 없이 모두 써 주세요.


1978년 6월 20일



## 16


오겠다고 했던 봄이 다 지나고 여름이 한창일 때가 되어서야 그녀의 편지를 받았습니다. 그리고 안에는 그녀의 사진도 들어 있었습니다.


\* \* \*


성호 씨


안녕하세요.

오랫동안 편지도 쓰지 못해서 미안해요.

학교를 마치고 바로 나고야의 미용실에 인턴으로 일하러 왔어요.


지금은 매일 나고야에서 지내고 있어요.

내년 봄까지 1년간 일해서 기술을 향상시키고 그러고 나서 국가 시험을 볼 거예요.

지금은 매일 울기도 하고 웃기도 하면서 열심히 일을 하고 있습니다.

한국에 가고 싶었지만 가지 못했어요.

하지만 언젠간 갈 생각이에요.

한국도 변했겠지요.

성호 씨

당신의 편지를 아버지가 읽고 말았어요.

저는 별로 걱정을 하지 않지만 아버지가 염려를 많이 하시면서 재일한국인과의 결혼 이야기를 꺼내셨어요.

아버지는 성호 씨가 어떤 사람인지 모르시기도 하고

만약 제가 성호 씨와 결혼하면 한국에 가 버릴 것이라고 생각하고 그래서 반대하고 계신 것 같아요.

성호 씨의 편지도 아버지가 가지고 있고 돌려주시지 않아요.

이번에 만약 제가 한국에 가고 싶다고 하면 성호 씨를 만날까 봐 아버지는 틀림없이 반대하실 거예요.

성호 씨
매일 어떻게 지내나요?
학교는 내년에 졸업이지요.

또 편지해 주세요.

1978년 7월 26일

## *17*

　예상치 못한 그녀의 아버지의 반대에 곤혹스러웠습니다. 당장이라도 일본에 가서 그녀를 만나고 싶었습니다. 하지만 그때는 외국에 가는 것이 지금처럼 자유롭지 못한 시절이었습니다. 그녀를 볼 수 있는 방법이 없었습니다.

　처음에는 의연해 보이던 그녀도 부모님의 반대가 계속되자 조금

씩 지쳐 갔습니다. 서로 멀리 떨어져 있는 것이 허물 수 없는 높고 단단한 장벽이 되어 그녀와 나 사이를 가로막고 있었습니다. 무엇보다도 시간이 지나면서 나에 대한 그녀의 믿음이 혹시나 힘을 잃을까 두려웠습니다.

그녀와 나 모두에게 힘든 시간이 계속되었습니다. 하지만 우리는 둘 사이에 이어진 끈만은 놓치지 않기 위해 노력했습니다. 편지를 통하여 서로의 생활에 대해 이야기하고, 마음을 털어놓고 서로를 위로하며 용기를 주었습니다.

그렇게 어려운 시간은 몇 달이 지나고 또 해를 넘겼습니다.

## 18

성호 씨
안녕하세요.

편지 감사합니다.
오랫동안 답장을 쓰지 못했어요. 용서해 주세요.

시간은 참 빨리 흘러가는 것 같아요.

한국을 떠난 지 벌써 3년째가 되다니 믿기지가 않아요.


그동안 성호 씨는 언제나 제게 진심이 가득한 편지를 보내 주었
어요.

저는 성호 씨를 믿고 있어요.

언제나 저를 사랑하여 주고 그 사랑은 영원히 변하지 않는다는
것을.

저를 감싸 주는 것 같은 기분이 들어요.


저는 성호 씨만큼 성실한 사람은 아닐 거예요.

그러나 지금이라면 제게 미용사라는 직업이 있는 한 성호 씨와
함께 살아갈 수 있을 것 같아요.

결혼 생각을 하면 여러 가지 불안한 마음이 들어요.

성호 씨와 제가 서로 사랑하고 행복하게 살아갈 수 있다면 그것
만으로 충분하지만요.


성호 씨

저는 제 자신의 운명을 믿어요.

꼭 행복을 향해 계속 가고 있다고 생각해요.

만약 제가 성호 씨와 맺어질 운명이라면 기쁘게 그날을 향해 갈 거예요.

자연의 흐름을 따라갈 생각이에요.

지금은 그 말밖에 할 수가 없어요.


미용사로서 성공하려면 아직도 공부를 더 해야 해요.

정말 일생 동안 끝낼 수 있는 일은 없나 봐요.

매일 열심히 노력하고 있어요.

금년 봄에 국가시험이 있어요.

그리고 4월에는 집으로 돌아갈 생각이에요.


또 편지 쓸게요.

지금은 매일 바빠서 정말 행복해요.


성호 씨

졸업 축하해요!


아이코


저는 박분순이라는 이름보다 아이코라는 이름이 더 좋아요.

지금부터는 아이코라고 불러 주세요.

크리스마스 새해 축하합니다!

1979년 2월 7일

## 19

나고야에서의 인턴 생활을 마치고 그녀는 고향인 가미오카로 돌아왔습니다. 하지만 그녀와 내가 아무 결정도 할 수 없는 안타까운 시간만 흘렀습니다.

그리고 급기야 위기가 닥쳤습니다. 이제 그녀와의 결혼을 포기해야 하는 걸까요? 내가 해야 할 일을 그녀의 짐이 되게 하여 가슴이 아팠습니다.

\* \* \*

성호 씨

안녕하세요.

저는 무사히 인턴을 마치고 가미오카에 돌아왔어요.
6월은 국가시험인데 여러 가지로 머리가 아파요.

조금씩 신부 수업이라고 할까 양장을 배우고 있어요.
벌써 스커트를 세 벌이나 만들었어요.
하지만 제 자신이 만든 옷은 입을 기분이 나지 않아요.
어머니에게도 한 벌 만들어 드렸어요.
양장이라고 하는 것이 그리 재미있지는 않은데
학교에 가면 젊은 여성이 많아서 좋아요.
즐겁게 하고 있어요.

성호 씨
저 맞선을 봤어요.
재일한국인이에요.
아버지도 어머니도 제가 빨리 결혼하기를 바라고 있어요.
어떻게 하면 좋을까요.
국가시험이 없으면 지금이라도 곧 한국에 가고 싶지만 7월 중순
까지는 갈 수 없을 것 같아요.

제가 무슨 일이 있어도 꼭 성호 씨와 결혼하겠다고 하면 아버지도 안 된다고만 하시지는 않을 거라고 생각하지만 지금 아버지에게 뭐라고 말해야 할지, 어떻게 해야 할지 모르겠어요.

성호 씨
어쩌면 좋아요?
성호 씨의 편지에만 의지하여 결혼을 결정하기엔 마음이 불안해요.

맞선 상대는 같은 기후 지방 사람인데 민단의 단장이 소개하였어요.
아버지는 마음에 들어 하시는 것 같아요.

성호 씨
너무 고민스러워요.
지금 곧 만나서 이야기를 할 수 있으면 얼마나 좋을까요.
성호 씨는 아버님께 말씀을 드렸나요?
아버님은 뭐라고 하시나요?
저는 불안해서 아무 결정도 못 하겠어요.

지금 곧바로 한국에 가는 것은 어려워요.
7월에 만나러 갈 수 있으면 좋겠어요.

아이코로부터

1979년 6월 5일

## 20

그녀는 7월에 한국에 오고 싶다고 했지만 오지 못했습니다. 이젠 나도 그녀만큼 지쳐 있었습니다. 그녀와의 결혼을 정말로 포기해야 할지도 모르겠다는 생각에까지 이르렀습니다.

몇 달 뒤에 그녀의 편지를 받았습니다. 편지를 읽고 그녀에게 한없이 미안한 마음이 들었습니다. 그리고 가슴이 아팠습니다.

\* \* \*

성호 씨

안녕하세요.

저는 지금 집을 나와 나고야에 있습니다.
결혼은 하지 않기로 했어요.
성호 씨와의 일도 모두 말씀드렸지만 제가 한국에 가는 것을 허락하지 않으셨어요.

제게는 어떤 힘도 없어서 혼자서는 아무것도 할 수 없어요.
성호 씨도 마찬가지겠지요.
언젠가는 꼭 성공해서 훌륭한 사람이 되어 주세요.

아버지가 성호 씨를 반대하시고
좋아하지 않는 사람과 결혼하고 싶지도 않기 때문에 나고야에 와 있어요.

저의 뜻은 완전히 무시되어 버렸어요.
(슬픈 결혼은 싫어요.)
그래서 집을 나왔어요.

저는 그저 슬픈 인생을 살아야 하는 여자인 걸까요.

지금은 아무것도 고민하지 않고 일만 하고 있어요.

성호 씨도 노력해 주세요.
그리고 꼭 훌륭한 사람이 되어 주세요.
또 언젠가 만날 수 있는 날을 기다리고 있을게요.

무슨 일이 있으면 또 편지 쓸게요.
성호 씨도 편지해 주세요.
건강하세요.

저는 조금 나이가 들어 못생겨졌어요.
다시 만나면 놀랄 거예요.
나이는 먹고 싶지 않아요.
나이가 너무 들어서 만나면 실망할지 모르니까
되도록이면 젊을 때 만나요.

아이코

1979년 11월 26일

# 21

그녀가 혼자서 힘든 일을 겪고 있는 것이 참을 수 없도록 고통스러웠습니다. 그대로 있으면 그녀와 나에게 견딜 수 없는 큰 슬픔이 덮칠 것 같았습니다. 누군가가 옆에서 그녀를 따뜻하게 안아 주어야 합니다.

일본에 가려고 두 차례 여권을 신청하였으나 허락을 받지 못하였습니다. 글로밖에 그녀에게 위로를 줄 수 없는 안타까움이 원망스러웠습니다. 혹시라도 그녀가 흔들리지 않도록 노력하였습니다.

* * *

사랑하는 아이코

요즈음은 어떻게 지내는지요.
지난번 편지의 답이 없어 궁금하여 또 펜을 들었습니다.
혹시 나고야에서의 생활이 어렵지 않은지 모르겠군요.

가끔 아이코가 너무 보고 싶을 때가 있습니다.

그럴 때면 아이코의 사진을 꺼내 보기도 하고 우리가 같이 있었던 때를 조용히 생각해 보곤 합니다.

누군가를 좋아하고 사랑하는 것처럼 행복한 일도 없습니다.

지금 나를 행복하게 만들 수 있는 사람은 아이코뿐입니다. 나에게 있어서 아이코는 그만큼 큰 힘을 가지고 있는 사람입니다.

그러나 아이코는 지금의 내가 결코 즐거움만 느끼고 있는 그러한 행복한 상태가 아니라는 것을 잘 알고 있습니다.

아이코

나의 마음은 이미 정해졌습니다.

아이코의 마음만 결정되면 금방이라도 결혼할 수 있습니다.

아이코의 부모님께는 내가 편지를 하여 마음을 돌리시도록 노력하겠습니다.

아이코가 부모님과 나에 대해서 조금 더 깊이 생각을 하고 이해하면 결정을 내릴 수 있으리라 여겨집니다.

무엇인가 아름답고 고귀한 것을 찾고 싶습니다.

아이코는 분명히 나에게 많은 도움을 줄 수 있는 사람입니다.


올해 안으로 미국으로 유학을 떠날 예정입니다.
지금 그곳의 몇몇 학교와 입학 문제에 대해서 알아보고 있는 중입니다.


언제나 건강에 유의하고 무리하게 일을 하지 않도록 하기 바랍니다.
오늘은 이만 쓰겠습니다.

1980년 3월 9일


## 22


　그녀가 집을 나와 나고야에 머문 지 반년 만에 고향인 가미오카로 돌아왔습니다. 그녀가 마음의 평정을 많이 되찾은 듯 보여 나도 마음이 놓였습니다.


　유학을 떠나기 전에 결혼할 수 있도록 그녀를 설득하였습니다.

＊＊＊

성호 씨

오랫동안 편지 기다렸어요.


저는 지금 가미오카의 집으로 돌아와 있어요.

아버지께도 여러 가지로 걱정을 끼쳐드렸지만

이제부터는 아버지와도 이야기를 잘 해 나가려고 해요.


지금 제일 큰 문제는 결혼이에요.

제가 한국에 가는 것은 불행해지는 것이라고 반대하고 계세요.

절대로 행복해질 수 없다고 생각하시는 것 같아요.

어머니는 벌써 맞선 이야기를 꺼내셨어요.

저도 벌써 스물네 번째의 생일을 맞을 거예요.

주위에서 모두 걱정을 하니까 빨리 결혼을 시키려고 하세요.


성호 씨와의 결혼은 문제가 너무 많아요.

성호 씨의 아버님과 저의 아버지가 만나서 얘기를 나누시면 제일

좋다고 생각하지만 멀리 떨어져 계시니까 조금 곤란하겠지요.

일본에서는 첫사랑은 이루어지지 않는다고 얘기하는데 한국은 어떤가요?

성호 씨의 첫사랑은 다른 사람인가요?

저는 중학교 3학년 때 옆자리 남학생이 첫사랑인데 그 아이는 다른 여자아이를 좋아했어요.

결국 저의 짝사랑으로 끝났지만 지금도 가끔 생각이 나요.


거울을 보면 벌써 스물네 살 여자의 얼굴을 하고 있어요.

나이를 먹은 것일까요.

성호 씨의 어머님처럼 미인이 아니어서 슬퍼요.


성호 씨

저는 아이처럼 어리광 부리는 게 좋은데 성호 씨는 그런 여자 싫어요?

한국과 일본은 습관도 다르고 언어도 다르고 여러 가지 걱정이 많아요.

제가 행복해질지 아닌지는 성호 씨의 손에 달려 있어요.

(물론 서로의 노력이겠지만요.)

앞으로는 성호 씨의 임무예요.

지금은 여자인 제가 행동하는 때가 아니라고 생각해요.

성호 씨가 생각한 대로 해 주세요.

저는 어떻게 해야 할지 모르겠어요.
남자의 뒤를 따라갈 거예요.
그것밖엔 없어요. 지금은.

성호 씨
이번엔 가미오카로 편지 써 주세요.

그럼 안녕.
건강하세요.

아이코로부터

1980년 5월 27일

## 23

그녀와 나는 자주 편지를 주고받으며 구체적으로 결혼 문제를

의논하였습니다. 부모님의 승낙을 받는 것부터 결혼 후의 생활에 이르기까지 여러 가지 서로의 솔직한 의견을 나누었습니다.

난관을 극복해야만 우리의 결혼이 가능한 상황에서도 그녀의 편지에서 그녀의 진심 어린 마음을 읽을 수 있었습니다. 그중에서 남겨 두고 싶은 몇 구절입니다.

* * *

성호 씨
저는 성호 씨에게 이 세상에서 최고의 아내가 되고 싶고 아이에게는 이 세상에서 최고의 엄마가 되고 싶어요.
그러기 위해서는 가정을 확실히 지키는 것이 필요해요.
저는 부족한 것이 많아서 보통 사람보다 노력을 더 많이 해야 해요.
하지만 꼭 노력할 거예요.
저의 남편과 아이를 위해서이니까요.

* * *

정말 우리에게 좋은 길이 빨리 열리기를 바라고 있어요.

저는 지금 아무것도 하지 않고 매일 집에서 집안일을 돕고 있어요.

만약 성호 씨와 결혼하게 되면 성호 씨를 위해서 여러 가지를 배워야 해요. 우선 요리예요.

성호 씨가 저 같은 여자를 신부로 맞아 후회하면 어쩌나 걱정돼요.

\* \* \*

어디에서 지내더라도 둘이 노력해 나가면 반드시 행복할 거라고 믿어요.

우리의 결혼이 허락되면 함께 노력하여 좋은 가정을 만들어요.

그리고 성호 씨가 하는 일이 잘되도록 제가 할 수 있는 데까지 도울 생각이에요.

그날이 오기를 바라고 있어요.

진심으로.

사랑하는 성호 씨에게
아이코

# 24

그녀와 나의 온갖 노력에도 불구하고 결국 우리의 결혼은 이루어지지 않았습니다. 아버지께서 그녀의 아버지에게 전화를 하여 결혼을 허락해 주시도록 간곡히 부탁하셨습니다. 하지만 끝내 원하는 대답은 듣지 못했습니다.

그녀에게서 마지막 편지를 받았습니다.

\* \* \*

성호 씨
안녕하세요.

전화 감사합니다.
성호 씨 용서하세요.
이런 편지 쓰고 싶지 않지만 더 이상 어떻게 할 수가 없어 오늘 펜을 들었어요.

여권이 나왔어요.

하지만 아버지와 어머니가 제가 한국에 가는 것을 허락하지 않으세요.

여행이라면 허락하지만 한국으로는 절대 시집을 보내지 않는다고 하세요.

이전에도 그래서 제가 집을 나갔어요.

그러나 이젠 더 이상 가족을 슬프게 할 수 없어요.


우리들 오랫동안 편지를 주고받았는데 이제 이렇게 끝나게 되어 마음이 괴로워요.


성호 씨 미안해요.

성호 씨는 이렇게 노력해 주었는데 제가 아무 힘도 없어서 이처럼 가슴 아픈 편지를 쓰게 되고 말았어요.

저를 용서해 주세요.


아버지와 어머니는 제가 한국으로 시집가면 반드시 불행해질 거라고 믿고 계세요.

성호 씨의 집도 성호 씨에 대해서도 알려고 하지 않고 그냥 불행해질 거라고만 하세요.

부모님은 누구보다도 저의 행복을 바라고 계세요.

그런 부모님을 슬프게 할 수도 없고

누구도 괴로워하여서는 안 될 거예요.

성호 씨도 슬프게 하고 싶지 않아요.

하지만 저는 이제 아무 힘도 없어서 어떻게도 할 수가 없어요.

용서해 주세요.

이제 편지를 쓰는 것도 마음이 괴로워요.


성호 씨의 부모님께도 폐를 끼쳐 드려서 죄송해요.

성호 씨의 성공을 진심으로 빌게요.

건강하세요.

어느 곳에 있더라도 살아 있는 한 또 만날 날이 오겠지요.


성호 씨

앞으로 힘을 내 주세요.

꼭 행복해지실 거라고 믿고 있어요.

성호 씨에게

아이코


1980년 8월 1일

# 25

그녀의 편지를 받고 간신히 붙잡고 있던 가는 끈마저 끊어져 버리고 말았습니다. 한동안 내가 무엇을 하고 있는지, 무엇을 해야 하는지 갈피를 못 잡으며 방황하였습니다.

그리고 마침내 그녀를 놓아주기로 하였습니다.

\* \* \*

아이코에게
아이코의 편지 잘 받았습니다.

아무 힘도 없는 아이코와 내게 이보다 더 슬픈 일이 있을까요? 결국 우리는 이렇게 끝나 버리는구나 하고 생각을 하니 가슴이 무너지는 것 같습니다.

그러나 이제 더 이상 어떻게 할 수 있겠습니까?
모두가 나의 힘과 노력이 부족하기 때문입니다.
아이코가 부모님의 뜻에 따르기를 바라고 있고 나도 그런 아이코를 말릴 힘도 없고 이제는 희망조차 가질 수 없게 되었습니다.

아이코
그동안에 나를 믿고 따라 주어서 정말 고맙습니다.
아이코는 나에게 많은 용기와 힘을 주었습니다.
아이코가 바라는 대로 그런 훌륭한 사람이 될 수 있도록 노력하겠습니다.

그리고 아이코와 함께하였던 시간들, 그동안에 보내 준 아이코의 편지와 사진은 아름다운 추억으로써 간직하고 싶습니다.

아이코
내가 어디에 있든지 나는 아이코의 행복을 기원하고 있을 것입니다.
이제 천천히 마음을 정리해 나가겠습니다.
오랜 시간이 필요할 것 같습니다.

아이코
언제나 건강에 제일 먼저 신경을 쓰기 바랍니다.
다시 한번 아이코의 행복을 기원합니다.

## 26

그렇게 나는 가슴 속에 그녀를 품은 채 그녀와의 결혼을 포기했습니다.

안타까운 시간은 나를 외면한 채 하릴없이 흘러갔습니다. 그리고 1981년 여름, 계획하고 있던 공부를 위하여 미국으로 향하였습니다.

그
리
움

## 1

미국에서의 공부는 어려움이 없지는 않았으나 비교적 순조롭게 진행되었습니다. 그녀가 가끔씩 보고 싶기도 하였지만 바쁜 학교 생활은 여유 있는 생각조차 허락하지 않았습니다. 그사이 그녀의 기억은 내 머릿속의 지우개가 조금씩 지워 나가고 있었습니다.


## 2

학업 때문에 정신이 없던 어느 날이었습니다.

그녀의 꿈을 꾸었습니다. 그녀가 꿈에 나타났습니다. 슬픈 표정을 하고 흰옷을 입고 있었습니다.

놀라서 꿈에서 깨어났습니다. 가슴이 먹먹해졌습니다. 그녀는 왜 갑자기 안타까운 모습으로 내 꿈에 보였을까요? 내게 무언가 할 말이 있었던 것일까요?

불안한 생각을 떨쳐 버릴 수 없었습니다. 그녀의 소식이 궁금했습니다. 혹시 그녀에게 안 좋은 일이라도 생긴 것은 아닌지. 하지만 그녀에게 직접 편지를 보낼 수는 없었습니다. 대신 그녀의 고향에 있는 그녀의 가족에게 편지를 썼습니다.

# 3

한 달 정도 지나 일본에서 답장이 왔습니다. 고향의 가족에서가 아니라 바로 그녀에게서 편지가 왔습니다. 발신지도 고향이 아닌 오사카였습니다. 봉투에 쓰인 그녀의 이름을 보고 그녀가 결혼했음을 알 수 있었습니다. 일본에서는 결혼을 하면 남편의 성을 따릅니다.

봉투를 뜯으며 두근거렸던 가슴은 편지를 읽고 안타까운 마음으로 가득 차고 말았습니다.

* * *

성호 씨

안녕하세요?

며칠 전 성호 씨의 편지를 아버지가 보내 주어 정말 놀랐어요.
저는 지금 오사카에 살고 있어요.
처음 성호 씨를 만나 10년 이상이 지났는데도 아직도 성호 씨가
저를 잊지 않고 있어 기뻐요.

성호 씨
지금은 어떻게 지내고 있는지요.
저는 작년 혼자 힘으로 독립하여 미용실을 경영하고 있어요.
이 일이 즐거워서 지금부터 평생 계속하려고 생각하고 있어요.

저는 스물네 살 때 한 번 결혼했지만 그 결혼은 1년 만에 실패하
고 말았어요. 지금은 작은 여자아이를 키우며 매일 열심히 일하
고 있어요.

사회에 나와 열심히 살고 있는 저는 이제 십 년 전의 제가 아니에

요. 부모로서 세 살 딸(사치에)을 키울 의무도 있고 매일 여러 가지 노력을 해 나가며 엄마와 딸 둘이서 행복하게 생활하고 있어요.

성호 씨는 10년 전의 저의 모습을 하루라도 빨리 잊고 좋은 여성을 만나 행복한 결혼을 해 주세요.
성호 씨와 저는 언제나 먼 하늘 아래 살고 있지만 꼭 성호 씨가 행복하도록 저도 일본에서 기도하고 있을게요.

또 친구로서 가끔 편지 주세요.
외국에서 생활하려면 건강에 주의해야 합니다.

안녕

아이코

1985년 3월 18일

# 4

성호 씨

안녕하세요.


봄도 다 지나가고 매일 더운 날이 계속되고 있어요.

그곳은 어떤가요?

일도 그럭저럭하고는 있지만 매일 바빠서 좀처럼 편지를 쓸 시간도 없네요.

휴일에는 아이와 동물원에 가기도 하면서 지내고 있어요.

미용 공부를 하러 외국에 가고 싶은 생각이지만 아이와 둘이서는 생각만큼 잘되지 않아요.


우리 가게는 이제 곧 1주년이 돼요.

6월 18일에 오픈을 하여서 지금 1주년 기념행사를 생각 중이에요. 종업원 두 명과 저 셋이서 매일 즐겁게 일하고 있어요.


성호 씨

저는 지금 결혼을 고민하고 있어요.

나이는 36세로서 같은 동네에서 일하는 사람이에요.

좋은 사람으로 한 번 결혼에 실패하고 여자아이를 혼자 키우고 있는데 저와 결혼하고 싶어 해요.
지금은 결심이 서지 않았지만 이대로 여자 혼자 살아가는 것은 어려운 일이고 사치에가 어린 동안에 생각하고 있어요.

성호 씨에게 알리는 것이 나쁜 일일까요? 만약 그렇다면 용서해 주세요.

성호 씨는 훌륭한 교수가 되어 언젠가 일본에 놀러와 주세요.
또 시간이 있으면 편지 써 주세요.

아이코

1985년 5월 10일

## 5

그동안 그녀가 겪었을 어려움을 생각하니 가슴이 저려 왔습니다. 하지만 그녀의 불행을 나의 행복으로 만들 수 있지 않을까요?

그녀와의 결혼을 생각했습니다. 그녀의 아픔을 씻어 주고 싶었습니다. 내가 사랑한 분순의 아이. 그 아이는 나의 아이와 다름없습니다. 바로 일본으로 가서 그녀와 그녀의 아이를 보고 싶었습니다.

그런데 어떤 망설임이 나를 가로막고 있었을까요? 바쁜 학업 때문만은 아니었을 것입니다. 나는 끝내 그녀에게 두 번째 청혼을 하지 못하고 말았습니다. 다시 바보 같은 시간이 흘렀습니다.

## 6

2년의 시간이 지나 학업이 끝나갈 즈음이었습니다.
그녀가 또 꿈에 보였습니다.
지난번과 똑같이 흰옷을 입고 슬픈 표정을 하고 있었습니다.

왜일까요? 그녀는 왜 안타까운 모습으로 다시 내 꿈에 나타난 것일까요? 혹시 내가 나도 모르게 또 다른 그녀의 불행을 기다리고 있었던 건 아닐까요?

그러나 이번엔 편지를 쓰지 못했습니다. 나를 위해 그녀가 더 이상 불행해지는 것을 원하지 않았습니다. 그래서도 안 되는 일이었습니다.


# 7


1990년 겨울, 학업과 직장 생활을 모두 마치고 한국으로 돌아와 대학에 자리를 잡았습니다. 하지만 정신없이 바쁜 학교생활에도 마지막 꿈에서 본 그녀의 슬픈 모습이 항상 가슴 한편에서 나의 마음을 아프게 하였습니다.


# 8


그녀가 너무 보고 싶습니다.

이
별

_____

## 1

2003년 9월 16일 오후 4시. 전차가 오사카시 외곽의 한 작은 역에 도착하였다.


나는 지금 그녀를 찾아가고 있다. 그녀를 마지막으로 본 지 26년, 그리고 마지막으로 소식을 주고받은 지 17년이 지났다.

지금 그녀를 만나 내가 할 수 있는 것이 무엇일까?

그녀를 볼 수는 있을까?

그녀의 소식이라도 듣고 싶다.

그 오랜 기간 동안 먼발치에서만이라도 그녀의 모습을 볼 수 있으면 하고 바란 적이 얼마나 많았었나! 그녀의 뒷모습이라도 볼 수 있으면……

모든 것이 아름답고 순수하기만 했던 열아홉의 나이에 그녀를
처음 만났다. 그때 그 모습을 간직하며 나는 그녀를 마음속에서 그
려 오고 있다. 제발 한 번만이라도 그녀를 더 볼 수 있다면……..

## 2

가슴의 동요를 가라앉히며 전차에서 내려 역사를 나왔다. 이곳
이 그녀와 마지막으로 연락을 하였던 곳이다. 나는 지금 그녀의 마
지막 편지에 있는 주소를 찾아가고 있다. 오가는 사람들과 자동차
가 눈에 잘 들어오지 않았다. 지금 이 근처 어디에 그녀가 살고 있
을지도 모른다는 생각을 하니 가슴이 두근거렸다.

큰길로 약간을 걷다가 오른쪽으로 접어들어 다다른 곳에 그녀의
주소지가 나타났다. 길가의 작은 2층 건물. 약간 색이 바랜 듯한 1
층 미용실의 간판은 예전 편지에 쓰여 있었던 그녀의 것이 아니었
다. 주인이 바뀌었음을 말하겠지 생각하며 주위를 둘러보았다. 들
어갈 용기가 선뜻 나지 않았다. 길을 건너 멀리서 한동안 그곳을
바라보았다. 들어가고 나오는 사람이 아무도 없다.

그래, 이곳이 그녀가 있던 곳이야. 지금 그녀가 없다면 그녀의 체취라도 맡을 수 있지 않을까?

망설이며 더 서 있었다. 미용실의 주인이 바뀌었다면 그녀는 더이상 이곳에 없는 것이 분명하리라. 그러나 선뜻 들어가지 못했다. 혹시라도 그녀가 아직 있다면, 그렇지 않고 그녀를 아는 사람이라도 그곳에 있다면, 그녀에게 불행을 줄 수 있을지도 모른다는 생각이 들었다. 아이들과 남편과 함께 행복하게 잘 살고 있을 그녀가 지금 나를 만난다면 그녀에게는 어떤 의미가 있을까?

바로 길 건너에 편의점이 있었다. 마음을 진정시키고 안으로 들어갔다. 주인 내외가 가게를 보고 있었다.

"실례합니다."

서툰 일본 말로 얘기를 꺼내자 주인이 조심스럽게 쳐다본다.

"혹시 저 미용실이 언제부터 이곳에 있었는지 아십니까?"

"글쎄요. 한 15년 된 것 같은데요."

주인 남자가 대답하였다.

"그전에 있던 가게에 대하여 아시는 것이 있으신지요? 그곳에서 일하던 사람을 찾고 있습니다만. 이름은 아이코이구요."

부인이 기억을 되살리며 얘기를 꺼냈다.

"그전 주인이요⋯⋯."

몇 마디 설명을 하였는데 내가 잘 알아듣지 못하였다.

"딸이 둘이 있었는데⋯⋯."

부인의 말 중에 분명히 알아들은 말이다.


그녀에게는 딸이 둘이 아니라 하나 있었다. 그때 세 살이었던 아이의 이름은 사치에였다. 그들이 알고 있는 사람이 그녀가 아닐지도 모르겠다는 생각이 들었다.

"지금 어떻게 되었는지 혹시 알고 계시나요?"

나는 목소리가 떨리는 것을 감추려고 애썼다.

"어떤 사이인지요?"

주인이 조심스럽게 물어 왔다.

"친구입니다만⋯⋯."


"그런데요⋯⋯."

부인이 조심스럽게 말을 이었다.

"그녀는 죽었는데요."

그녀가 세상을 떠나다니 무슨 말인지 의아하였다.

"아직 그런 나이가 아닌데요."

가게를 나왔다. 다른 사람을 이야기하고 있구나 생각하였다. 미용실을 들어가 볼까 망설이다가 그냥 숙소로 돌아왔다. 그날 밤은 잠을 제대로 이루지 못하였다.


*3*


다음 날 오후에 다시 그곳으로 갔다.

주인이 알아보고 나를 맞이하였다. 부인은 가게에 없었다.

"어제 이야기를 더 듣고 싶어서 왔습니다. 내일 한국에 돌아가야 하기 때문이에요."

"그렇군요. 우리도 얘기를 듣고 또 전해 듣고 해서 정확하진 않지만."

주인이 집으로 전화를 하여 부인에게 무언가 물어보았다.


"사짱이라는 여자아이가 있었는데 둘째 아이 이름은 모르구요."

사짱은 사치에의 애칭이다. 그렇다면 그들이 알고 있는 그녀는 내가 찾아온 분순이 틀림이 없다.

"그녀가 죽었다고 했는데요. 어떻게?"

"스스로 목숨을 끊었어요."

머리가 핑 돌았다. 쓰러질 것 같았다.

"사짱을 데리고 결혼을 했어요. 남자도 아이가 하나 있었구요. 결혼해서 아이를 또 낳았어요. 그리고 무슨 문제가 있었는지 얼마 되지 않아 집을 나간 후 목숨을 끊었다고 해요."

가슴이 무너져 내렸다.

그녀의 나이가 갓 서른이 넘었을 때였는데 나는 내내 그녀의 모습을 그려 오고 있었다. 오래전에 이 세상을 떠나 이제는 보고 싶어도 볼 수 없는 그녀를 그리워하였다.

"사짱은 할머니가 데려갔다고 해요. 규슈인지 어딘지 모르겠는데……."

바깥은 어둠이 짙게 깔려 있다.

그 어둠이 나를 짓누른다.

에
필
로
그

이제 그녀와

영원한 이별을 해야 합니다.


더 이상 그녀를

붙잡을 수 없습니다.

저의 글을 읽고 슬픔을 함께해 주신
모든 분들께 감사드립니다.


가슴속 깊은 곳의 아픔까지 꺼내며
이 글을 쓴 이유는


제가 그녀에게 다하지 못한 사랑을
이제 여러분이 그녀에게 나누어 주시기를
부탁드리기 위해서입니다.


여러분의 아낌없는 사랑으로
그녀는 저세상 어딘가에서 행복할 것입니다.

추억의 끝

# 가미오카 기행

2019년 6월 11일 ~ 6월 12일

가미오카는 기후현 히다시에 있는 작은 산골 마을이다. 히다산맥 아래 히다고지의 북부에 자리 잡고 있다. 이틀에 걸쳐 10시간가량 마을의 곳곳을 들여다보았다. 관광을 목적으로 찾아오는 사람이 거의 없는 곳이지만 구석구석 볼거리가 있었다.

# 1

## 도착

가미오카에 가기 위해서 도야마시에서 히노 시외버스를 탔다. 오전에 한 번 그리고 오후에 세 번, 하루 네 차례 운행하지만 내가 탄 아침 버스에는 승객이 나 혼자였다. 9인승 미니버스를 운영하는 것으로 보아 평소에 승객이 많이 없다는 것을 알 수 있었다. 가미오카를 지나 더 들어가면 오쿠히다 온천 마을이 있는데 버스 기사의 말로는 주말에는 온천에 가는 사람들 때문에 승객이 많다고 한다. 그때는 대형 버스를 운행할 것이다.

버스가 가미오카에 다다르면서 길이 구부러지고 길 양쪽으로 녹색의 푸르름이 깊어지기 시작하며 산골 마을임을 실감하게 했다. 그런데 가미오카 버스 영업소에 내리니 광산과 발전소 건물이 먼저 눈에 들어왔다. 내가 상상한 고즈넉하기만 한 산골 마을의 모습은 아니었다.

한차례 길을 물어 숙소를 찾았다. 도심의 구시가에 위치한 다카 호텔이다. 방이 열 개인 초라하고 작은 숙소이고, 마을 전체 숙박 시설의 방을 합해 봐야 50개도 안 된다. 인터넷으로는 예약도 할 수 없는 그런 곳이다. 그래도 업무를 보러 오는 사람들이 있는지 다음 날은 만실이라고 하였다.

## 2
## 마을과 다카하라강

방에 가방을 넣어 두고 바로 밖으로 나와 시내를 둘러보았다. 구

도심이라 오래된 집들이 많고 비교적 새로 지은 듯한 건물이 간간이 눈에 띄었다.

시내를 가로질러 남동에서 북서쪽으로 다카하라강이 흐르고 있다. 히다산맥에서 발원하여 가미오카를 지난 다음 북쪽으로 흘러 진즈강으로 합류한다. 진즈강은 도야마현을 가로질러 동해 바다의 일부인 도야마만으로 흘러 나간다.

니시사토교를 건너가자 산으로 올라가는 길이 나왔다. 강을 따라서는 오래된 집들이 줄지어 있고, 언덕 위쪽으로 새로 지은 집들이 자리 잡고 있었다. 언덕을 따라 조금 올라 가미오카 진흥사무소를 찾았다. 마을의 행정을 담당하는 관공서이며 1층에는 도서관이 있었다. 3층에 있는 사무실에서 친절한 직원의 도움을 받아 옛 주소를 확인하였다. 가미오카는 예전엔 요시키군이었는데 2004년에 후루카와 등과 합쳐지며 히다시가 되었다.

# 3
## 가미오카성

진흥사무소를 나와 조금 더 위쪽에 있는 가미오카성으로 향했
다. 성을 앞쪽에 두고 왼쪽에는 광산자료관이 있고 마당 오른쪽에
옛날 건물이 있었다. 옛 성과 광산자료관이 한곳에 있는 것이 어
울리지 않는다고 생각했지만 하나의 입장권으로 3곳 모두를 볼 수
있게 되어 있어 먼저 광산자료관으로 들어갔다.

마을에 도착하면서 본 광산에 대한 의문은 광산자료관의 전시물
을 보며 조금씩 풀리기 시작했다. 가미오카에서는 이미 17세기 초
에도시대에 광석의 채굴이 시작되었고, 마을의 발달도 광산과 함
께 이루어졌다는 사실을 알게 되었다. 전시관에는 1965년 당시의
채광에서부터 공정에 필요한 여러 도구와 시설들이 전시되어 있
었다. 채산성이 없어 더 이상 채굴은 이루어지지 않고 있다.

광산자료관에서 나와 마쓰바 가옥으로 들어갔다. 메이지시대
원년에 건축된 민가를 옮겨 놓은 것이다. 내부에는 당시에 사용하
던 민속품과 농기구가 전시되어 있었다. 지붕이 높고 큰 것은 다락
방을 포함하여 4층까지 있기 때문이다.

가미오카성은 작은 마을답게 다른 도시의 성에 비해 소박하고
아담했다. 전국시대에 건축되었으나 1615년에 폐성 되었고, 지금
의 건물은 1970년에 지어진 것이다. 역시 다른 성들과 마찬가지로
내부는 전시실로 사용되었고, 천수각에서는 마을 전체를 내려다
볼 수 있었다.


## 4
### 가미오카 중학교

가미오카성의 맞은편에 학교 건물이 보였다. 가미오카 중학교이
다. 수업 중인지 운동장에는 아무도 없었다. 건물 출입구 앞에 몇
명의 남학생이 앉아 있었는데 내가 사진기를 꺼내자 고개를 옆으로
돌렸다. 물론 학생들을 찍은 것이 아니라 건물의 정면을 담기 위해
서였다. 학생들에게 미안함을 전하고 싶었으나 그냥 발을 옮겼다.

교실 안에 있는 아이들은 무엇을 배우고 또 어떤 생각을 하고 있
을까. 이 아이들은 자신에게 주어진 백지장에 어떤 그림을 그리며
미래를 설계할까. 그들에게 아픔 없는 밝은 날들만 함께하기를 속
으로 빌었다.

다시 조금 더 위쪽으로 올라가자 국도 471번이 나왔다. 그리고 길 건너 오른쪽으로 스카이돔이 보였다. 히다 우주과학관 가미오카 연구소가 위치한 건물이다. 길을 건너기 전 스카이돔 맞은편에 에마하쿠산 신사가 있었는데 가미오카 광산의 수호신을 모셔 놓은 곳이라고 하였다.

스카이돔 내부에서는 광활한 우주에서부터 뉴트리노 입자에 이르기까지의 과정을 흥미 있는 아이맥스 영상으로 보여 주고, 여러 가지 교육적인 체험을 할 수 있는 시설을 갖추고 있었다. 이곳 가미오카 광산 지하에 건설된 연구 시설에서의 뉴트리노 연구로 일본은 두 차례나 노벨물리학상을 받았다고 한다. 평일인데도 비교적 많은 사람들이 이곳을 찾았다. 건물 안에 식당이 있어서 히다 우육이 들어간 우동으로 맛있는 점심 식사를 하였다.

## 5
### 가미오카초토노

스카이돔에서 다시 강 쪽으로 내려와 길을 따라 동쪽으로 향했다. 가미오카초토노 지역이다. 길가의 오래된 집들 사이에 간혹 새로 지은 건물들이 보이고 위쪽으로는 빈터도 많이 있었다. 장마철이라 비가 간간이 내려 비도 피할 겸 길가의 이발소에 들어갔다. 그런데 나이가 지긋한 이발사한테서 가미오카 광산에 대하여 뜻밖의 얘기를 들었다. 일제강점기에 조선인들도 이곳 광산에서 징용으로 일을 하였다는 것이다. 일본 한가운데 이 깊숙한 곳까지 끌려와서 강제 노동을 하였다니, 우리의 아픈 역사가 이곳까지 이어지고 있을 줄은 꿈에도 생각하지 못했다.

밖으로 나왔다. 순간적으로 발걸음이 무거워졌다. 가슴에 주먹만 한 응어리가 만들어졌다. 다시 길을 따라 걷기 시작했다. 강 쪽으로 더 내려가자 사카마키 공원이 나타났고 그 뒤로 쓰루베교가 보였다. 다리를 건너며 강의 상하류 쪽으로 깊은 계곡이 보이기 시작했다. 도심에서 다카하라강의 상류 쪽으로 많이 올라온 것을 알 수 있었다.

다리를 건너자 오른쪽으로 레일 마운틴 바이크 정류장이 보였다. 지금은 사용되지 않는 철로에서 자전거를 타며 계곡과 마을의 풍경을 즐기는 것이다. 이 철로의 반대쪽 끝은 가미오카 광산의 입구이다. 광산에서 채굴된 광석을 실어 나르던 철로였으나 이제는 필요가 없어 관광 자원으로 이용되고 있었다. 여기에도 우리의 아픈 역사가 서려 있다.


# 6
## 후지나미핫초 산책길

길을 건너 가파른 언덕길을 올라가자 주택지가 나왔다. 도심의 낡은 집들에 비해 비교적 깨끗한 것으로 보아 새로 형성된 동네인 것으로 생각되었다. 광산 때문에 인구의 유입이 늘어나는 것일까. 이 동네의 이름은 아즈모이다. 다시 강 쪽으로 내려왔다. 강가를 따라 왼쪽에 주택이 간간이 있는 큰길을 한참 걸었다. 자동차만 지나다니고 사람은 거의 보이지 않는 길이었다. 오른쪽으로는 강이 흐르는데 길과 강 사이를 따라 레일바이크를 즐기는 사람들이 보였다. 빗줄기가 세져 걸음이 빨라졌다.

길이 끝나며 다른 큰길과 이어지는 곳에서 여학생 둘을 만났다. 가미오카 고등학교 학생이었다. 학교는 이곳에서 30분 정도 더 걸어가는 곳에 있다고 하였다. 그렇게 먼 곳을 어떻게 걸어 다니냐고 물어보자 등교할 때는 버스를 타고 간다고 하였다. 아이들의 밝고 해맑은 표정이 나의 무거워진 가슴에서 돌 하나를 꺼낸 듯, 마음이 조금 가벼워졌다. 학교까지 가 보고 싶었으나 지금 걷기엔 너무 멀어 포기하고 마을 쪽으로 방향을 틀었다.

다시 큰 차로를 따라 걸으려고 하는데 강 옆으로 길찬 산책로가 눈에 띄었다. 비도 피할 수 있을 것 같은 생각에 그 길로 들어섰다. 이 길은 마을이 자랑하는 후지나미핫초 산책길이었다. 강을 따라 계곡을 내려다보며 산책하는 아름답고 쾌적한 길이었다. 핫초는 길이를 의미하는데 1초는 약 108미터로서 깊은 계곡이 8초 거리만큼 이어져 있어 붙은 이름이다. 산책길의 거리는 약 600미터였다. 비가 와서 제대로 산책을 즐기지 못했으나 다 걷고 나서는 마음이 평온을 되찾았다.

# 7
## 가미오카 초등학교

산책길을 나와 도심으로 들어가는 부근에서 한 무리의 꼬마들이 언덕길을 내려왔다. 하굣길의 가미오카 초등학교 학생들이었다. 걸어서 집으로 향하는 아이들도 있었고 부모가 차로 데리러 오기도 하였다. 다음에 찾아간 곳은 숙소 근처에 있는 도운지 절이다.

언덕 위에 있어 내 방에서 보이는 곳인데 돌아오는 길에야 찾게 되었다.

절을 잠깐 둘러보고 다시 큰길로 내려와 가미오카 초등학교가 있는 언덕 위로 올라갔다. 비교적 높은 곳이었는데 올라가는 내내 길 양쪽으로 묘비가 보였다. 많은 무덤들이 이 언덕에 자리 잡고 있었다. 아이들이 등·하굣길에 무덤 사이를 지나며 무섭지 않을까. 하지만 아이들의 표정에서 그런 점은 느끼지 못하였다.

다시 언덕 아래로 내려와 길을 걷는데 비가 또 오기 시작했다. 편의점이 보이기에 우산을 사서 쓰고 조금 걸으니 금방 호텔이 나타났다. 발씨가 설어서 다 왔는지 깨닫지 못했다. 오전 11시에 호텔에서 나와 돌아온 시간이 오후 6시쯤 되었으니 중간에 쉬는 시간을 제외해도 다섯 시간은 걸었을 것이다. 생각보다 나의 체력이 잘 버텨 주고 있었다. 식사할 곳이 마땅치 않아 편의점 도시락으로 저녁을 해결하고, 잠깐 주변을 산책한 다음 호텔로 돌아와 내일 일정을 계획하였다.

# 8
## 도심 산책

다음 날 일찍 아침을 먹고 7시쯤 호텔을 나왔다. 오쓰 도로에서 북쪽으로 니시사토 도로를 건너 엔조지 절 쪽으로 갔다. 길에는 산책 나온 사람들이 가끔 있었다. 절을 지나 조금 더 가니 후나쓰자가 보였다. 다이쇼시대의 후나쓰 극장을 재현하여 지역 장인들의 기술로 건축한 것으로 시민문화회관으로 사용되고 있다고 한다. 이른 시간이라 문을 열지 않아 들어가진 못했다.

왼쪽으로 나 있는 좁은 골목을 따라 조금 걸어가니 야마다천이 나오고 그 위로 작은 다리가 있었다. 다리의 이름은 쓰키미교이다. 내를 따라 산책로가 있고 봄에는 벚꽃이 화사하게 필 것이다. 이곳에서 밤에 달을 바라보며 풍류를 즐겼을까. 광산에서 가까운 곳이라 고된 일과를 끝낸 광부들이 술 한잔을 기울이며 피로를 풀기도 하였을 것이다.

다리를 건너 골목으로 들어가니 야나가와 미즈야가 있다. 미즈야란 공동 수도를 말하는 것으로 마을 사람들이 물을 나누어 쓰던 곳이다. 지금도 동네 주민이나 길을 가던 행인들이 미즈야에서 물을 마시고 사용한다. 마을 곳곳에서 이런 미즈야를 볼 수 있었다.

골목을 지나 큰길로 나오니 와카마쓰야가 보였다. 쇼와시대 초기에 건축된 찻집으로 그 당시 모습 그대로 남아 있는 귀중한 건축물이다. 와카마쓰야를 돌아 다시 도심 쪽으로 향해 오쓰 신사에 들렸다가 신와소를 찾았다. 이곳은 가미오카 광산의 최고 번성기에 영빈관으로 사용했던 곳으로, 지금은 벚꽃이 만발할 때면 밤에 시장이 열려 많은 사람들이 모인다고 한다.

# 9
## 가미오카초토노에 다시

다시 야마다천을 건너 도심으로 돌아왔다. 언덕길을 따라 올라가다가 여러 무리의 꼬마들을 만났다. 등교하는 가미오카 초등학교 학생들이었다. 모두 내게 인사를 하며 지나가는데 흐뭇한 생각이 들었다. 가정이나 학교에서 예절 교육을 받았을까.

아이들을 뒤로하고 다시 큰길로 내려와 오른쪽으로 나 있는 가파른 언덕길로 들어섰다. 이 길은 간사카라고 하는데 예전에 상점들이 즐비하였던 곳으로 지금은 민가들이 들어서 있다. 간사카를 지나니 작은 운동장이 나오고, 아침 운동을 나온 노인들이 게이트 볼을 즐기고 있었다. 다시 언덕 위로 올라 아소라하치만 궁으로 들어갔다. 이름은 궁이지만 신사의 일종으로서, 신사로서는 지붕의 구조가 특이하였다.

이곳에서 가미오카대교를 건너 어제 갔던 가미오카초토노를 다시 둘러보았다. 오래전부터 이 동네에 애틋한 정이 들었다. 잠시 머물다가 다시 가미오카대교를 건너왔다. 그리고 후지나미핫초 산책길로 들어섰다. 어제는 비가 와서 조금 서둘렀는데 오늘은 날이 좋아 여유 있게 즐기며 걸었다. 자세히 보니 계곡으로 내려가는 통로가 있었다. 계단을 따라 내려가며 군데군데 길이 관목으로 덮여 있어 인적이 드문 길임을 짐작하였다. 강으로 내려가니 모래사장이 넓게 있고, 둥글고 큰 바위들이 여기저기 모여 있었다. 강가에서 이런 풍경을 본 기억이 없어 신기한 생각이 들었다.

# 10
## 귀로

세 시간가량의 산책을 마치고 다음 목적지인 다카야마로 떠날 채비를 하였다. 갑자기 아쉬움이 덮쳐 허우룩해졌다. 언제 또다시 이곳에 올 수 있을까. 아름다운 산골 마을인 줄만 알고 찾아온 이곳에서 아픈 역사를 만났다. 그리고 그 아픔은 또 다른 슬픔을 낳았다.

나는 이곳에서 50년 전의 그녀와 다시 만났다. 그녀와 함께 숨을 쉬고, 그녀가 꾸는 꿈을 보았다. 그리고 마지막 작별 인사를 나누었다. 가미오카는 그녀의 고향이다. 그녀는 이곳에서 태어나서, 이곳에서 자라고, 이곳에서 공부하였다.

# 첫사랑의 추억

ⓒ 조성호, 2020

초판 1쇄 발행 2020년 5월 1일

지은이      조성호
펴낸이      이기봉
편집        좋은땅 편집팀
펴낸곳      도서출판 좋은땅
주소        서울 마포구 성지길 25 보광빌딩 2층
전화        02)374-8616~7
팩스        02)374-8614
이메일      gworldbook@naver.com
홈페이지    www.g-world.co.kr

ISBN    979-11-6536-342-0 (03810)

이 도서의 국립중앙도서관 출판예정도서목록(CIP)은 서지정보유통지원시스템 홈페이지(http://seoji.nl.go.kr)와 국가자료공동목록시스템(http://www.nl.go.kr/kolisnet)에서 이용하실 수 있습니다. (CIP제어번호 : CIP2020016538)